詩集　雲

篠原資明

もくもくともくもくもくもくともくもくともくもくもくもくともくもくと
雲

むかついたら雲を見よ
悲しかったら雲を見ろ
退屈だったら雲を見ろ
何もなくても雲を見ろ

雲
雨と云う
空
雨になる

雲の
悲鳴だ
ゴロゴロゴロ

空に脱脂綿がくっついたまま
どんな傷口？

雲は枯れ葉のようにささくれ立ってない
それだけが救いだ

雲が月のまねして
まんまる
あれあれ
ほんとに光りだしたよ

雲の糸

つたっていくと天国
でも目に見えない糸

雲の向こうから
夕陽が
歯を向いて笑ってる

白髪を思いっきり
なびかせて
まあ

狂雲て
はぐれ雲のことだったんだ
一休さんて
はぐれ雲のことだったんだ
一休さーん
いまどのあたりー

なんだなんだ
あのながーい帯は
すりきれそうになるまで
たなびいて

お空と
お山が
もやもや
しあって

そら　空だ
おい　お日さまだ
うん　雲だ

七色の王冠かぶって
まあ得意げなこと

酒呑童子にも
ダリにもなれるぞ
誰か
絵の具を
塗ってくれ

瓢箪が瓢箪に
添い寝してる
もうそろそろ
お昼だよ

赤い輪郭線を引いて
光るペンをしまいます
今日のお絵かきは
これでおしまい

おやいったい
どこまでシャドーを引き続けるのか

京都タワーに浣腸されても
立派なおいどで
踏ん張りつづけておいでです

雪景色
今日から
わたしも
雲上人

雪山に
まあ
いつまでも
いい気になって
波がしら
立てつづけて

今日は
日あぶりの刑にあったのか
やけにかすかに
たよりなく
けぶっているだけ

さっきからずっと
滝のマネして

どうして
まっすぐ落ちてこないのかね

すっかり色あせてしまった
くちびる

いつ見ても
未完のままの
水墨

よほど
モヤモヤ
してたのか
山の合間でまで
モクモクしてる

元気なときは
モクモクはげむ
それが雲のモラルなんだ

今日は
お洗濯ですか
お空まで
あぶくがぶくぶくぶく
そろそろ
お水で流しましょうか

真冬さん
お誕生日
おめでとう
お空からは
生クリームの
ドリッピング
さあ
ローソクは
何本
立てよかな

たいへんだ
卵の白身が
たれかけたままだ

山が
綿入れ
着込んでる

おやまあ
不動明王が
氷結してる
火焔は
どうしたの

おーい雲よ
ニースまで
つれてってくれ

丸天井に青空の絵
え
ほんとうに絵なの

切り出したばかりの大理石で
お山の王冠
制作中

空を舞台に
カフカの『変身』ですか

おやおや
どこまで
新幹線と
はりあう気？

龍が
泡だってる

じめじめじめじめじめじめじめじめ
ぽつぽつぽつぽつぽつぽつぽつぽつ
じめじめじめじめじめじめじめじめ
ぽつぽつぽつぽつぽつぽつぽつぽつ
の正体はきみのその灰色の部分かね

ふわふわしているくせに
斜にかまえたりなどして

雲が
雲に
おーい
雲よと
たなびく

飛んでるうちに
ちぎれちゃって
ふやけちゃって

白い肌ばかりが
たれかけて
うおっ
何段腹？

雲ひとつない
自分で自分が
あぶない

頁をひらく
花ひらく
翼をひろげる
雲ひろがる

しつこい
恐竜の
幽霊だ

ときおり
飛行機が
雲と雲とを
ゆわえかけては
きえていきます

（新幹線のぞみ号　京都駅を定刻どおり発車します）
しぼりたてのマシュマロ
とびちったホイップクリーム
たべかけのソフトクリーム
ためしがきした白絵の具
ふきとばされたロココの白かつら
ちょんぎられた白猫のシッポ
ほされたままの白シーツ
ながれのこった石けんのあぶく

波がしらのスナップショット
お化けのヨーグルト
二億円分のティッシュ
のびるのびるどこまでのびるモチ
舞妓さんのうなじ
黄身だけかじりとられた目玉焼き
新婚さんの乱れたベッド
白い息の綿菓子
（新幹線のぞみ号　東京駅に定刻どおり到着します）

こぼれるほど
雪を満載して
あらどちらに

煙の
遺跡の
移動博物館

また空っぽになっちゃった
雲
ひょいと山越え

雲の下半分の
なんて云っていいかわからないところが
なんとも云えないかたちにくずされて
それでも雲と云わんばかりに
かろうじてうかんでいる

雲が
徐々に徐々に
デクレッシェンドしていって
そのはてに真っ青な静けさ

山から煙だ
モクモクモクモク
あれ!?

白いマリモの群れにおおわれて
人々は水底にうごめく

そんなに垂れこめて
どうしようっていうの

朝です
お日さまが
白粉を
まきちらす

湖をうつくしくするための
山なみ
お日さまをうつくしくするための
雲なみ

白雲から
滝の白糸だよ
富士山に

黒ずんでいく
竜が火を噴きながら

山腹で
煙の振りなどして
炭焼きでもしたいのか

若い頃には
タバコの煙で
輪を作って遊んだものだ
はるか上空には
大きな大きな
輪が浮かんでいる

タコが墨を吐いて逃げていく
地中海の
空の
ポンジュの風景が
猪苗代の空にもやってきたよ

山の割れ目に色香ただよい
禁欲僧でも誘うおつもり？

富士山頂がフリル満載
どなたのスカートの中ですか

あれあれ
白い煙をふきあげながら
お日さまが沈んでいくよ

分厚いまぶたの奥で
お日さまがまどろみかけている

山沿い
ほのかに
むらさきを
恵まれている
夕暮れ

きみは超スローでも
着実に動いているんだね
まわりを鳥たちが
もどかしそうに飛んでいる

いつものトンネル入り口に
長等山とあることに
はじめて気づいた
電車が遅れたおかげだ
比叡山との争い
稚児たちの失恋
源平の争乱
失意の数々
くぐりぬけると
雲たちも涙

おまけのような青い目が
雲の奥からのぞいている

分厚い瞼のかげで
青い目も眠たそう

最近
速そうでのろまな若者が増えたな
のろそうで速い雲たちが見下ろしている

一瞬とまった
雲の動き
山が仏のかたちに
削ぎとられていた

迷いつづけたコウモリが
漂白されて
山頂に立ちつくしている

今朝は
どうしちゃったの
山の輪郭線の処理に困って
いつまでもモヤモヤしてさ

自分はつまらん
かなたから雲が
ふわふわふわと笑ってくれる

やけに気取ったムッシュー・ブルーが
白い蝶ネクタイなどして
得意気に地上を見下ろしている

ためらいがちな筆先が
置いてけぼりを食ったまま途方に暮れている

猛暑が続きます
節電もしなければなりません
ムッシュー・ブルーも思いっきりミストをかぶっています

輪になって
昇天をためらいつづけて
天使たち

置いてかないで
と
雲が
雲に
手を伸ばしてる

山々が
ソフトクリームを
かぶっている

シロナガァースクジラが
山々の上をかるーく流して

帽子の上に帽子を重ね
そのまた上に帽子を重ね
またその上に帽子を重ね
そんなに頭を高くして
どうしようっていうの

雲が行く
雲が去る
カーテンウォールの境目

カーテンウォールの境目で
雲と
雲とが
ぶつかりあう

もっとすっきりと
決められないのか
Vサインを

食べちゃうぞと
大雲が小雲を
おどしている

花キャベツに
マヨネーズ
たっぷりかけて
お天道さまに
さしあげてるのに

アイスクリーム・サンドはいかが？

今日も
もりもり
雲は元気だ
雲は齢をとらない
最初から
白髪まじりだからか

大変だ
空一面
モスラの
逆襲だ

シロクマさんとハイクマさんが
シロシロハイハイしてる

腹黒いところ
丸見えですよ

山に
お祓いでも
してもらったか
雲から
背後霊が
たちさっていく

子雲の寝息も子雲

忍術師

雲隠

晴蔵

推参す

茸雲
ですが
放射能は
降らせません

振り上げた拳を
下ろせなくなっちゃった？

何を書こうとしたのか
忘れたままの
ペンさき

年齢は
聞かないでと
まっ白なお髭を
光らせて
おじいさまより
朝の口づけです

白い眉二つ
年じゃのー

喪　　く

空に雲
心に言葉
頁に詩
本に空

詩集　雲

二〇一五年三月二七日　発行

著　者　篠原　資明

発行者　知念　明子

発行所　七　月　堂

〒一五六―〇〇四三　東京都世田谷区松原二―二六―六―一〇三

電話　〇三―三三二五―五七一七

FAX　〇三―三三二五―五七三一

Printed in Japan

ISBN 978-4-87944-235-2 C0092